Ye

24592

ÉPITRE

SUR L'INDÉPENDANCE

DES

GENS DE LETTRES.

La fortune le respecte ; elle perd tout son empire sur une profession qui n'adore que la sagesse : la prospérité n'ajoute rien à son bonheur, parce qu'elle n'ajoute rien à son mérite ; l'adversité ne lui ôte rien, parce qu'elle lui laisse toute sa vertu.

D'AGUESSEAU.

ÉPITRE

SUR L'INDÉPENDANCE

DES

GENS DE LETTRES;

*Pièce qui a été envoyée au concours de Poésie,
ouvert par la Classe de Littérature de l'Institut
National, pour l'an 13.*

Brama assai, poco spera, e nulla chiede
LE TASSE.

A PARIS,

Chez { SOLVET, Libraire, rue des Noyers, N.º 43.
       MICHEL, rue du Coq, N.º 13.
       Et tous les Marchands de Nouveautés.

1805.

DE L'IMPRIMERIE DE GILLÉ FILS.

ÉPITRE

SUR L'INDÉPENDANCE

DES GENS DE LETTRES.

Eh bien ! cédant au feu dont la vive influence
Embellit ton aurore et nourrit ton enfance,
Tu veux d'un pied hardi, vers le Parnasse altier,
Loin des chemins battus, te frayer un sentier ;
Des saintes vérités propager la lumière,
Des bornes de l'esprit reculer la barrière ;
Et des mortels charmés adoucissant les mœurs,
Les rendre plus heureux pour les rendre meilleurs.
Telle est de l'écrivain l'entreprise sublime,
Et ce noble desir est le seul qui l'anime.
Tu n'iras pas, poussé vers un sordide gain,
Du mépris des lecteurs rassasier ta faim.
La pauvreté prudente aux bras de l'industrie
Doit confier son sort et le soin de sa vie.
Tel sur un froid papier, par lui seul apperçu,
De ses jours indigents fonde l'espoir déçu,
Et maudit du public la juste indifférence,
Qui verrait sous ses mains naître une utile aisance,
Si de simples travaux, attentif ouvrier,
Il fesait retentir un joyeux attelier.

Je sais que la fortune, envers toi plus propice,
Contre l'affreux besoin et sa voix corruptrice
Par ses dons généreux t'a daigné prémunir.
Mais la carrière, ami, que tu prétends fournir,
Veut un esprit solide, et qui d'aucune chaîne
Ne s'impose la honte et n'endure la gêne.
Assez d'incertitude, assez d'obscurité,
A nos plus grands efforts cachent la vérité ;
Par des liens nouveaux, d'une débile vue,
Imprudents, irons-nous resserrer l'étendue ?
Est-ce à l'aigle captif de planer dans les cieux,
De mesurer l'espace, et d'approcher des dieux ?

Par quel art pourras-tu de cette indépendance
T'assurer à jamais la pure jouissance ;
Obsédé tour-à-tour d'ennemis, de flatteurs,
Résister à la haine, aux éloges menteurs ;
D'un pas toujours égal, d'un esprit toujours ferme
Poursuivre tes travaux, les conduire à leur terme ;
Et du vrai seul épris, n'écoutant que sa voix,
D'un rempart invincible environner ses droits ?

Connais-toi ; des mortels c'est la règle suprême :
L'écueil de notre esprit c'est notre esprit lui-même.
Depuis que, de *Cadmus* rival ingénieux,
A cet art étonnant qui fait penser les yeux,
Un moderne prêta de plus rapides aîles ;
Depuis que, du génie interprêtes fidèles,

Cent feuilles à-la-fois en transmettent les fruits,
D'un trop facile accès que d'écrivains séduits
De livres déjà faits, de pages empruntées
Ont offert au lecteur les phrases répétées !
Surcharger de vains mots un canevas commun
Est souvent le métier de qui n'en sait aucun.

De ton pénible emploi connais mieux la noblesse.
Et d'abord, c'est en vain qu'une frêle jeunesse,
Dans la chaire montée, au sortir de son banc,
Des précepteurs du monde usurpe le haut rang.
C'est au mâle savoir, c'est à l'expérience
D'offrir de leurs leçons la tardive abondance.
Je ris de ce Mentor qui me veut diriger,
Et qu'un faible zéphir est prêt à submerger.
Est-il indépendant l'auteur dont le jeune âge
Des vives passions écoute le langage ?
Quand l'ignorance encor te charge de liens,
Quand je t'en vois couvert, veux-tu rompre les miens ?

Que de tes jeunes pas la sévère prudence
Dirige donc l'essor, modère l'assurance ;
De longs revers souvent découlent d'un début.
Crains dès ton premier trait de t'écarter du but,
Et que, honteux jouet d'une prompte censure,
Tu n'en supportes mal la cuisante blessure.
L'amour-propre déçu fera place à l'aigreur,
Se croyant déprimé l'on devient détracteur ;

Tel critique impudent aujourd'hui nous opprime
Qui jadis des railleurs fut aussi la victime.
Quiconque de l'orgueil sert le vil ascendant ,
Quiconque est partial , n'est plus indépendant.

Ecoute la critique , et méprise l'envie.
Aux infimes degrés du mont de l'Aonie
Croassent à l'envi cent reptiles obscurs.
Leurs jalouses clameurs et leurs poisons impurs
Attaquent tout succès , souillent toute victoire.
Le marbre qui repose au temple de mémoire ,
Le marbre rayonnant de l'immortalité ,
Par leur troupe fangeuse est encore infesté.
Quand les héros du Tibre au sein de leurs murailles
Rapportant les doux fruits des sanglantes batailles ,
Y venaient recevoir le prix de leurs exploits ,
D'un esclave échappé la méprisable voix
Poursuivait le vainqueur du bruit de ses outrages.
Lui , sur son char assis , environné d'hommages ,
N'entendait que les vœux des Romains enchantés ,
Ne voyait que les pleurs de leurs yeux humectés ,
Et , d'un chemin de fleurs suivant l'aimable trace ,
Aux dieux du Capitole il courait rendre grace.
La jalousie en vain te lancera ses traits ;
Tu sauras l'exciter sans l'éprouver jamais.

A ses discours malins oppose la retraite ;
Du tumulte des sens , de leur fougue indiscrète ,

Là tu braveras mieux les dangereux efforts ;
Les esprits concentrés en deviennent plus forts.
Là d'une courte vie étendant les limites ,
Et des bornes qu'au jour la nature a prescrites
Agrandissant le cercle à l'aide de la nuit,
Tu fixeras le tems qui pour d'autres s'enfuit ;
Sans en être connu , de tes bienfaits durables
Tu pourras en silence enrichir tes semblables.

On ne te verra point d'opuscules flatteurs
Disperser bassement les feuillets corrupteurs ,
Épier un décès , saisir une naissance ,
Chanter la maladie et la convalescence
Du Crésus ignorant qui jette sur les arts
Quelque bienfait grossier et d'ineptes regards.
Fuis donc ces noms bannaux dont s'enflent les préfaces,
Sous qui l'on fait ramper les humbles dédicaces.
Poursuis la vérité , cherche le grand , le beau ;
Dans ton style fidèle offres-en le tableau :
J'en jure par le goût ; oui, des fruits de ta veine
Le public satisfait deviendra le Mécène.
Ce protecteur est sûr ; et jamais ses arrêts
Du solide talent n'ont frustré les succès.

Ce n'est pas que je blâme un auteur équitable
Qui , payant la vertu d'un éloge honorable ,
Lui décerne un tribut d'elle-même avoué.
Mais qui n'a pas rougi d'avoir trop tôt loué ?

L'aurore d'un mortel, trop souvent démentie,
Commence par l'espoir, s'éteint dans l'infamie.

D'éclairer tes égaux si tu sens le besoin,
Livre-toi sans partage à ce glorieux soin.
Un tel fardeau sans doute a de quoi te suffire.
On doit savoir beaucoup lorsqu'on prétend instruire ;
Et combien de nos jours le terme est resserré !
Si, par l'ambition tristement dévoré,
A ses ardents conseils tu soumettais ton ame ;
De cette liberté que l'écrivain réclame
Tu verrais aussitôt s'évanouir l'espoir :
Qui le veut bien remplir, bornera son devoir.
On sait par quels soucis la cruelle fortune
Fait payer de ses dons la faveur importune ;
On sait à quelles lois vivent assujettis
Ses amants rebutés, ses heureux favoris.
Ce n'est pas dans leur sein qu'ira de l'éloquence
La vérité craintive implorer l'assistance.
Son accent dans les cours à peine retentit ;
Si l'oreille des rois quelquefois l'entendit,
Était-ce d'un palais ou d'une humble chaumière
Que partait cette voix indépendante et fière ?

Non qu'auteur misanthrope, ou sauvage écrivain,
Il faille en ton humeur ne garder rien d'humain ;
De la société redoutant les approches,
Repousser tes amis, méconnaître tes proches.

L'esclavage est par tout où se trouve l'excès.

Si tu prétends des arts seconder les progrès,

Il est d'autres mortels qu'un même zèle anime;

Recherche leurs conseils, mérite leur estime.

Éclairer son pays est sans doute un grand bien;

Mais le premier talent c'est d'être citoyen.

Remplis donc le devoir que ce titre t'impose,

Et de l'humanité soutiens par tout la cause.

Si d'un autre *Denys* le sort te rapprochait,

Critique impartial, et fidèle sujet,

Défends auprès de lui la vertu, les lumières,

Et fais-toi, s'il le faut, *reconduire aux carrières*.

Qui ne demande rien est toujours écouté;

C'est l'avide intérêt qui perd la vérité.

Il est un ennemi plus dangereux encore,

Une divinité que le génie adore,

Qui souvent du faux sage attira les mépris,

Mais qui du vrai talent est le seul digne prix;

La gloire : à ce beau nom tout écrivain s'enflamme,

D'ambitieux desirs fermentent dans son ame,

Il voit son souvenir vers la postérité,

Par l'admiration et par l'amour porté.

De cette illusion les invincibles charmes

Au moins présomptueux feraient prendre les armes.

Bientôt de la victoire il goûte les douceurs,

Il s'entend proclamer favori des neuf Sœurs;

Accablé de lauriers entrant dans la carrière,

Il croit avoir vaincu, d'un facile vulgaire
S'il a su provoquer les applaudissements.
De la pénible veille abjurant les tourments,
Imprudent, il s'endort au sein de la victoire,
Et le regret survit à sa précoce gloire.
Si, jaloux des succès entassés sur *Pradon*,
Et désolant le goût par un lâche abandon,
Racine eût dégradé ses brillantes images,
Et du froid *Rambouillet* convoité les suffrages,
Les pleurs d'*Iphigénie* et de *Britannicus*
Mouilleraient-ils nos yeux par la pitié vaincus ?
De l'ivresse d'un jour passager tributaire,
Et du présent trompeur victime volontaire,
Éteignant sa mémoire, et trompant son destin,
Il immolait l'honneur d'un avenir sans fin.
Heureux ! si, philosophe autant que grand poète,
D'un injuste mépris ignorant la tempête,
Il n'eût jamais connu ce roi qui d'un coup-d'œil
A son cœur trop sensible entr'ouvrit le cercueil.
Adore donc la gloire, et n'en sois point esclave ;
Saches en rejeter la séduisante entrave ;
Repousse avec dédain tout éclat emprunté ;
Le triomphe n'est sûr que s'il est mérité.

Un guide plus certain de l'enfant d'*Uranie*
Dirige les travaux, et soutient le génie ;
De la mode changeante il craint peu les dégoûts,
S'il dit vrai pour un siècle, il a dit vrai pour tous.

Du célèbre *Newton*, législateur du monde,
Sur les lois qu'il traça la mémoire se fonde,
Et telle que ces lois marche d'un pas vainqueur.
Pourtant de l'art d'*Euclide* oubliant la rigueur,
Quelquefois un savant égaré dans sa route
Abandonne trop tôt la réserve du doute.
A l'erreur d'un système accorde-t-il sa foi,
L'esprit, à le défendre entraîné malgré soi,
Suit ce fanal trompeur, et dans cet esclavage,
Trop orgueilleux captif, il chérit son ouvrage.
Si le sort favorable ou de brillants succès
Du temple des talents t'ouvrent un jour l'accès,
Si tu grossis un jour ces doctes compagnies
Où par un même nœud les sciences unies
Vers un terme commun dirigent leurs travaux,
Et de rayons épars composent leurs faisceaux ;
Que toujours, de ton cœur divinité première,
La libre vérité t'attache à sa bannière.
Trop souvent de grands maux les biens sont mélangés.
On a vu la science avoir ses préjugés,
Et de calculs pompeux étayant ses mensonges,
Sanctionner l'erreur et démontrer des songes.

Si des nobles projets dont est nourri ton cœur,
Un nouvel aiguillon peut augmenter l'ardeur ;
Si de l'exemple en toi la puissante éloquence
D'un heureux naturel peut aider l'influence,
Contemple de *Socrate* et la vie et la mort ;
Imite ses vertus sans redouter son sort.

Il pouvait sur les flots du torrent populaire
Des vifs Athéniens guider l'humeur légère,
Flatter leurs passions, échauffer leurs transports ;
Inventant chaque jour de plus souples ressorts,
Maîtriser à son gré leur mobile génie,
Et roi par l'éloquence asservir sa patrie.
Quand d'un profond savoir il ouvrait le trésor,
Affamé de crédit, passionné pour l'or,
Des auditeurs charmés il pouvait en échange
Obtenir la richesse ou du moins la louange ;
Mais non ; simple, frugal, et désintéressé,
Il voulut être utile et non récompensé.
Du vaisseau de l'état, qu'il aurait pu conduire,
Modeste passager, rechercha-t-il l'Empire ?
Et le vit-on briguer les vœux du peuple ingrat
Dont il fut la lumière et non le magistrat.
Pénètre son cachot, et vois la calomnie
Broyer l'affreux poison qui menace sa vie ;
Là, sur la vérité les yeux encore ouverts,
Par son dernier soupir il instruit l'Univers.
Il n'opposera point la fuite à l'injustice ;
Il veut que de ses jours le léger sacrifice
De soixante ans de gloire achève l heureux cours.
De la seule innocence empruntant le secours,
Sa constante fierté dédaigne d'autres armes.
De ses amis tremblants il réprime les larmes ;
Et dévouant le crime au remords qui l'attend,
Comme il a vécu libre il meurt indépendant.

www.ingramcontent.com/pod-product-compliance
Lightning Source LLC
Chambersburg PA
CBHW061440170626
46811CB00005B/2319